作品集コロナに負けるな!!

『ひかりのほうへ』

★執筆陣(五十音順・敬称略)
新井蜜、川合大祐、佐相憲一、佐藤弓生、
沢茱萸、塩谷風月、土井礼一郎、
とみいえひろこ、西崎憲/フラワーしげる、
東直子、ミカヅキカゲリ、若草のみち

もくじ

作品集コロナに負けるな!!『ひかりのほうへ』

はじめに.

　この本、作品集コロナに負けるな‼『ひかりのほうへ』の企画が生まれたのは、２０２０年3月終わりから4月はじめのこと。

　わたしは赤い電動車椅子と長い黒髪がトレードマークの詩人・ミカヅキカゲリとして、詩やエッセイなどの文筆活動を行っているのだが、この企画は社会的に意義のあるものにしたいと考えた。ゆえにわたしひとりきりの作品ではなく、多彩な執筆陣をお迎えして、作品をお寄せいただこうと考えた。コロナ禍にあえぐ世の中に良質なことばを届けたいとの願いから、『希望』をテーマとして短詩とエッセイをお寄せいただくことにした。思い立ったが吉日と、さっそくいろいろな方に執筆を依頼した。作家、歌人、川柳人、そして詩人。基本的にはみなさま、わたしの文芸仲間だけどお友達と云うよりは、憧れの先輩方と云う感じである。

＊

こんばんは。ミカヅキカゲリです。

わたしのちいさな出版社＊† 三日月少女革命 †に原稿を執筆いただけませんか？

作品集コロナに負けるな‼『ひかりのほうへ』を企画中です。現在、コロナ旋風が吹き荒れていて、先の見えない世界の中で、ことばにできることはないかと考え、作品集を企画しました。企画のきっかけはもちろん、現在のコロナ禍なのですが、本というものは長く残るものですので、一〇〇年後も愛される作品集にできればと願っております。

どうかみなさまのことばのちからをお寄せください。

テーマが『希望』とあまりにもダイレクトで取り組みにくいかも知れません。ですが、希望を持ちにくい世の中だからこそ、文学くらい大きな旗を掲げてもよいのではないかと考えました。コロナという災厄でにんげんとせかいは不可逆的に毀れてしまうのではないか、とわたしは危惧しています。だからこそ、このせかいにいま、ことばを届けたいのです。みなさまなりの『希望』でかまいません。意欲作をお待ちしています。

＊

ありがたいことに、趣旨に賛同いただけたみなさまから、つぎつぎ参加表明をいただき、本づくりがスタートした。作品集の正式タイトルは、『ひかりのほうへ』に決定した。先の見えない現状だが、この作品集が「ひかりのほうへ」導いてくれるイメージでつけた。表紙絵には、ドラクロワ『民衆を導く自由の女神』を使った。

はじめに・で、語りすぎてしまった。とにもかくにも、十二人の執筆陣による、二十四とおりの『希望』をご堪能ください。

短詩編。

新型免疫人種

佐相　憲一

離れて座る車両は無言の威嚇か哀愁か
森に共存する獣のように衝突を避け
おのれの命に専念するふりをしながら譲り合う
風は歓迎するが人には気をつけろ
駅に着くたびに新参者をチェックする

行儀良く空いた間隔は
統制ではなく歴史の原点
過密になれば新たな旅へ
山を越え海を渡り土地に祈りやがてまた移動する
現存する七十七億人のすべての血が経てきた
狩猟採集漁業農耕牧畜林業工業商業情報交換信仰文化
〈あっ、コロナ星人が来たぞ〉
その偏見のありようまでいつか見た記憶
白黒がカラーになりハイビジョン４Ｋ８Ｋになっただけ
ダイヤルがプッシュホンになりケータイになっただけ

手紙がファックスになり電子メールになっただけ

目新しいことと言えば
自分の国しか見なかった人びとが世界を感じている
他人の病状に敏感になっている
システムを疑わなかった人びとが別の道を模索している
時間に追われていた人びとが書物を読み国会を見ている
何が大切か
ひとりひとり考え始めて
ご無沙汰だった夢を見ている

いずれ寿命の獣だが
火葬場までは時間があるだろう
獣は獣らしく広い森がふさわしい
心の袋小路に全開の未来の窓が開き
いま
痛みという免疫をもった
新しい人びとが出現している

銀色の龍

新井蜜

惑星に涼風の立つ夏果ての雷鳴のなかきみに出逢ひぬ

サッカーのワンピース着てうつむきてなにやらつぶやきながら歩み来

ゆふぐれにマスクをはづすきみの手を秋の没り日が血の色に染む

きみのゐぬ庭に百日草が咲き夕暮れの道を駅へと急ぐ

祈るしかできない僕は時雨ふる三年坂できみを待つてる

川面にはかへるでの葉の散りしきてきみの心のやうに揺れをり

三輪山に陽が昇るとき僕たちの繋いだ手と手が震へ始める

よろこびは朝訪れる霧白くたちこめるなか天啓のごと

銀色の龍を念へば湖底より出できて雨を野山に降らす

ひとしきりかすかな匂ひ立つ朝だ土を静かにうるほす雨の

希望の話

フラワーしげる

興味のないこと？

いっぱいあるな。

たとえばどういうのって、いっぱいあるじゃない、あなただってたくさんあるでしょ。ありすぎて逆に言うの難しいよ。たとえば、うちのおばあちゃん、昔の人形劇みたいなのが好きなの。あれなんなの？　なにが面白いの？　ぜんぜん、わかんないんだけど。お金もらっても見たくない。でも、おばあちゃん、あれが大好きで、しょっちゅう見にいってるよ。しょっちゅうっていっても、半年にいっぺんくらいだけど。

でも、おもしろくないでしょ、あの人形劇。だいたい人形なんだからまじめに見てもばかばかしいじゃない。おもしろくないでしょ、おもしろい映画とかたくさんあるのに。それになんかむかしの日本とかほんとに興味ない、着物は着てみたいけど。

ほかには？

もう数えきれない、興味ないもののほうが多い。

えー、一番興味のないもの？　それ逆にむずかしいな。なんだろ、ゲームとかオートバイとか？　そういうのほんとつまんないけど、一番じゃないな。一番、一番、なんだろ。そうだ、わくわくしないもの、こんまりって人が言ってるじゃない、わくわくしないんだったら捨てるってたしか言ってるよね？　たぶん一番わくわくしないものが一番興味のないものだ。なんだろうな、嫌いなものだったら言えるかもしれないけど、嫌いなものじゃないよね。興味のないもの、ヒント言って、ヒント。いや、そういうことじゃなく、質問だって？ もうしょうがないじゃない、出てこないんだから。

わくわくっていうのは希望じゃないか？ えー、そうなのかな、わくわくって希望？ わくわくってもうすこしわくわくするもんじゃない？ ああ、でも希望のないわくわくはないか。なるほど。じゃ、一番興味のないことは一番希望を感じないこと。だから、それはなにかって？ もういい、もう忙しいから勝手に決めといて。なんでもいい。あ、そうだ、たぶん一生出あう可能性のないものだ。それがそう、それが一番興味ない。だって関係ないんだから。でもさあ、あんた誰？ 誰なの？ なんでそんなことをきくの？ え、あなたの希望？ なにそれ、あたしの希望？ あなたが？ 人間じゃない、あなた。でも、なんで急に現れたの？ いまここに。希望が足りないように見えた？ なに言ってんの、希望だらけじゃない、欲望だらけだって、あたしの希望なのにわかんないの？ あなたほんとうにわたしの希望？ わかったってなにがわかったの？ とりあえず帰る？ どこへ帰るの？ あれ、どこ？ どこへ行ったの？ いったいなんなの？ 希望ってなに、なんだよ。

菜の花の数をかぞえましょうか

塩谷風月

ようせいと囁く声の美しさあなたはそっと絵本を閉じる

星々を指でつないで少年が吾に差し出すモン・サン・ミッシェル

ひょっとしたらそうなのかもね友からのしばらく会えなくなる理由とは

マスク越しのキスを交わせばさよならと横断歩道をわたる恋人

それよりも大事なことがあるでしょう点滅はじめた横断歩道で

からだには気をつけてねって言うだけでまなざしは哀しい星になる

そうだね、そうだねとうなずくばかり延々と続くクラクションに慣れ
help me って言いたかった街のなか誰にも聴こえない咳をして
ぱいなつぷる、ちよこれーと、離れるほど安全になっていくんだね僕ら
石炭袋、石炭袋、ジョバンニはこわくないって言ってたけれど
つかれたね、こころがねってうなずいてLINE の向こうに聴く天気予報
朝焼けが朝日に変わる砂浜の足跡ふたつひかりの方へ

くるしいことば

ミカヅキカゲリ

くるしいことばを吐きがちだし綴りがちで
いたずらに他人《ひと》に痛みを与えてしまう

それで口を噤むと
今度はくるしいことばでいっぱいになり
自家中毒を起こす

死にたい
短絡的にそこにしか結びつかない季節もあった
ほんとうに血の涙でも流していやしないかと訝った

季節は巡り　生きてゆく覚悟はついた
わたしは遂《とう》に絶望している

その絶望を抱えてなお　わたしは生きてゆく

夢見ていても
明日はない
明日はない
今日しかない
〈いま〉があるだけ

道は見えない
辿りつける地平はあるのか
いつかは休めるのか
たしかになれるのか

明日はない
〈いま〉があるだけ

それはおそらく絶望ではなく
可能性と云う名の希望だ

ヒューストン、ヒューストン、聞こえるか？

川合大祐

ローソンの連想をされないほうへ

仏壇のきれいな人がパイを切る

バレエ部の花火完成する前に

乾電池まちがうこともできず初夏

闇よりもジャングルジムを見てしまう

片道のタイムマシンに積む金魚

縫い子らの眉に着目する映画

洗面器自体に蜜を入れて置く

水飲場ずっと久石譲である

状況が小説的に紫蘇育つ

窓枠のなか

とみいえひろこ

ヘッドホンとマスクと花と何となくひとかたまりに窓枠のなか

汝と呼び複雑に深く暮らしたし海の暗さをスープに混ぜて

笑わないクマのくちはな描かれたマスクの子ども往来を過ぐ

時間がなく疲れています彼のひとのいつか記せし手紙うつくし

絶望に似たものが来る真白にふくらんで花破れるまぎわ

だんだんと嫌になり明け渡してしまう雨が六月の雨になるころ

絵の前に立ち尽くす心があって冷ややかな沼を浮かべていたり

犬のように汝の話をきいてみる老いたる舌をさらし垂らして

宣言の解除ののちをそれぞれの考えのように花は離れて

欲しいものリストに未だトランポリン　「自粛要請」に従った証

時間城のハーモニー

沢茱萸

「速達がまだ届かない」　時間城の剥製がぼんやりとつぶやく

ここを通るたびに流れる音楽が音楽じゃなくなるそれまでを

ブラウスに鋏を入れて縫い上げたマスクたちどうぞご歓談ください

みみず腫れこれはたぶん文字言葉にはならないけれど水際すすむ

ライナスが3歳だった頃そして現在立川断層の嘘

アネモネは赤を選んで頭には挿さずに歩く　挿さずに歩く

同じ言説くり返している彼または彼女春には春の歌聴く

ヒメユリの花咲く丘で偶然のハーモニー「マスクを作りましょう」

レタスだけ挟んだサンドイッチでも犬のかたちをした日野市でも

スーパーに入って数センチ浮かび上がってカートごとさようなら

森

土井礼一郎

さみどりのカーテンのあるところまで行こうよ棒のような腕振り

その虫はミと名づけられ掌は冷たくって脇の下へと逃げる

モニターの中にみんなは生きている　しあわせの「し」でした音あわせ

横っとびしながら通勤する人の水苔の手を握ろうとして

おとうとと云うならばほら麦わらのつばにもとうめいなかぶとむし

納品書みたいにマスクを貼りつけてあなたが森へ初めていく日

ビル街の奥に小さな森はありそこが水晶体かもしれず

大きめのめがねをかけたおじさんがうしろを向いたままする遊び

マスクぶらさがる樹がわが森にはあり、毎晩やってくるはくびしん

〈森〉に来る人と〈小さな森〉に来る人を「ぼくたち」とぼくは呼ぶ

ペイル・ブルー・ドット

佐藤弓生

惑星は哀しからずや

消えそうで消えぬ一点うす青くいまふりかえる太陽系に

ひとあまた病む日々なれど生命居住可能惑星《ハビタブル・プラネット》なお優しきひびき

耐うるべき複雑系をのりしろのように月日はゆきつもどりつ

枝宇宙さむくひろがる空間に文字が咲きはじめて春になる

問われないままに答えるように刺すフレンチノットステッチの星

ほんとうの地獄はないと知る四月ひとのこころのなかのほかには

まばたきののちはどこにもない場所へおもむくばかり航行者《ボイジャー》なれば

新たな銀河

ゆっくりと風の流れをさえぎってグラフ用紙の飛行機ひらく

灯台はなんの擬態か真っ白く空を背にしてそびえるばかり

涙腺をたどればそこは懐かしい平行線への裏道がある

次の曲始まるまでの数秒にかすかな不安集まってきて

時間から外れた日々と永遠の違いを教えてくれない化石

若草のみち

打ち消してうらやましくて雛の口あんなになにかを求めてみたい

遠くからかたちになってゆく白く真夏の雲は真実になる

どこまでも蝶は空へと眩しさが鋭くなって胸へと刺さる

新緑はどんな言葉で語り継ぐ付かず離れず光を受けて

蜘蛛の巣は空の青さを引き立てて今朝も輝く新たな銀河

虹の微熱

東　直子

とりどりのマスクの奥のくちびるにしたたる水はそのひとのもの

人の作った公園に人まばらなり（トリニク落とす）鳩、鴉くる

「ブラックバス、スッポン、アメリカザリガニなどの生き物放さないで下さい」

早朝よ正午よ夕間暮れ時よ香っているねあなたの食事

待つという微熱を帯びて虹を見て花火を眺め　草原になる

人は笑う笑って蒸発させている自分を笑うかなしさも笑い

人は怒るあなたに生えた神様が教えてくれる正義のために

液晶に灯る四角のひとつから救急車の音《ね》みんなで聞いた

喉の奥に一粒の死を光らせて永遠のこもれびをあびている

物語の中でくるしむ人々の果てのサンダル、 白い紫陽花

エッセイ編。

合図

若草のみち

　地元にいた頃、土手を散歩していたら菜の花がいっせいに風に揺れていて、思わず見惚れてしまったことがあった。広い範囲で同一の色彩のものが同調する様子は、眺めているだけなのに圧倒された。それはのどかな光景ではあるが眩しすぎた。一面に咲き誇る菜の花の鮮やかな黄色とその香り。その後も何度か足を運んだがその度にどこか自分とのあいだで生命力のやり取りがおこなわれているようで妙に疲れたりもした。

　ちょうど上京を考えていた時期だった。この年の秋、私は本当に上京することになったのだけれど、当時はまだそんな考えを出したり引っ込めたりしていてよくある空想のひとつだった。実際、文芸やアートと東京とを結び付けたふんわりした夢だった。

　ある日、いつものように散歩をしていると菜の花の一群が風に揺れてうなずいたように見えた。うんうんうんうんと。そうかと思えば次の風で引き止めているように見えた。いやいやいやいやと。印象的な光景はそのときの心情と重なって行動を起こす後押しになり得る。それらは合図なのだが、その合図を探しているのは他でもない、自分自身なのだとそのとき気付いた。人生の合図は受け取るほうがつくっていると。

　今、新型コロナウイルスの感染拡大防止のため外出を自粛している。終息しても元には戻れないことがたくさんあるし、あらゆる価値観や常識が今とは変わってゆく。今度ドアを開くとき、私の目にはいったいどんな合図が飛び込んでくるのだろう。

上京して随分たった頃、仕事帰りにある映画をみた。やけに時系列に現実味があるドキュメントのような怪獣映画で、もしも巨大不明生物が日本に現れたら社会や政府や国民はこう動くんだろうなと素直に思えるような描き方をしていた。まるで引き裂かれたように広がった巨大不明生物の大きな口から青白い炎が生まれ、瞬く間に東京の街が破壊され焼き尽くされてゆく。それはスクリーンの中での物語なのだけれど、まるで平行しているもうひとつの世界での出来事のようでなんだか儚い気持ちになった。そして壊滅状態の街を観て自分がとても動揺していることに気付いた。私が東京を好きなのはきっとそう思わないと生きていけなかったからだろう。東京への愛は上京した自分への愛だ。その東京が壊れるのは、燃え尽きるのは、胸にとどまり続けている私の夢が嫌だと言っていた。

今私達が困っているウイルスは街を物理的に壊したり燃やしたりはしない。けれどももう街は止まってしまったし明日が見えなくなってしまった。今回壊れてしまったなにかを正確に把握するのは難しい。元に戻すことが正しいとも思えない。私たちの日常は常に環境に沿っているのだ。

自粛中に眺めていたＳＮＳで地球の画像に手が止まった。なんて美しいのだろう。まず海が青い。木々は豊か。そして大地が力強い。そこに誰かが描いたような白い雲が散っていた。美しいと思うのは私が地球の生まれだからだろうか。ここからの視点で眺めると地球がひとつの個体に見える。世界中の人達が不要不急の外出を控え、経済活動が抑えられている今、自然環境に変化が生じている。大気汚染が改善されてインド北部からヒマラヤが望めるようになったとか、観光客が出すゴミが減ってベネチアの運河が澄んでいるとか。

ウイルスにまつわる一連の出来事は、人類は決してこの世界の主役ではないことを物語っている。では誰が主役なのかというと誰が主役でもない。視点が変わるだけだ。宇宙から見た地球には調和の美しさがある。人類は指揮者の視点を持つ技術を持っている。全体の一部として、私達は調和に焦点をあてられるかどうかの分岐点に立っている。

久しぶりにスーパーへ買い出しに行った。以前は仕事帰りに頻繁に立ち寄っていた場所だ。とりとめもなく店内を歩き回っていたあの頃とは違い、スムーズに買い回りできるようリストを用意して、手順や道筋をあらかじめ考えてある。通路ですれ違う人とは一定の距離を保つために動きの間合いをはかる。マスク越しにお互い「すみません」のような意味合いを含んだ会釈をする。そういった一連の行為で戸惑いとともに感じた気持ちとして一番近いのは「さみしい」だろうか。それは人と人とのコミュニケーションで生じるさみしさというよりもっと根源的なさみしさだ。うつる、うつされるという現象は苦しいなと思う。

確かめるときが来たのだと思う。私が今まで後回しにしてきたり誤魔化してきたり省略してきた物事が少し早めに綻びを見せてきた。壊れてしまった目に見えないものは元通りにはならず、元々居た場所に戻ってもなんだか儚い。日常を成り立たせていた仕組みを疑うのは苦しい作業だ。

ドアの隙間から外を覗いてみる。木々が風に揺れていて眩しい。鳥も鳴いている。新芽が伸びて、いつのまにか季節が変わっていた。私は合図を待っている。自分の胸に眠っているまだ言葉になっていない兆しのようなものを。あの日揺れていた菜の花を後押しとして受け取った希望の力を。人生の合図は受け取るほうがつくっている。

ソーイング・マシーン

沢茱萸

静岡のいとこのお嫁さんに贈り物をしてもらったお礼のＬＩＮＥをしたら、「マスクどこにもないですよねー」と困っている様子だった。２０２０年３月の終わりのことだ。新学期が始まったら小学生の子供のマスクをどうしようと心配しているのだ。「不器用だから手作りもできないし」と涙の絵文字。

それまではマスクを手作りするという発想は私の中には皆無だったのだが、なんというか目から鱗的な、「ないことを嘆いてばかりいてもしょうがない」というような、あっけらかんとした前向きなメッセージを「手作り」という言葉からもらった気がした。

突如として、いとこのお嫁さんに代わって私が子供用の布マスクを作るのだという使命感のようなものに駆り立てられる。私はミシンが得意なのだ。早速ネット上の無料ダウンロードサイトから「立体マスク」の型紙を印刷してみた。型紙さえあれば作り方はとても簡単そうだ。布どうしを合わせて１㎝の縫いしろを端から端まで縫って裏返して、だいたいそれだけだ。

こうなると居ても立ってもいられない。実際に作ってみたくてたまらなくなる。しばらくの間放ったらかしだったミシンを引っ張り出してきて、とりあえず有り合わせの布で試作品を作ってみた。普通のコットン生地だから伸縮性はないが、形はちゃんとマスクだ。なかなか上出来だと思う。あとはゴム紐を通せば良い。

翌日、マスク用のガーゼ布（できれば子供向けの可愛い柄のもの）とゴム紐を買いに近所の手芸店に行った。わけもなくウキウキする。布を選びに手芸店に行くことが私は大好きだし、何かを作る目的があるということは何より嬉しいことである。ところが。目当てのガーゼ布はお店のどこにも見当たらなかった。「すっからかん」とはこのこと。可愛い柄ものはおろか、無地のものもガーゼ生地はすべて在庫切れで入荷も未定とのことだった。そしてゴム紐の類もひとつも残っていない。自分は完全に出遅れていることにようやく気づいた。

出鼻を挫かれ、たちまち気分はどんよりしてしまう。帰宅後、それでも諦めきれずにのそのそとハギレを溜め込んである衣装ケースの中を引っかき回してみた。すると、一昨年の夏に実家の母に頼まれて縫った座布団カバーの余り布が出てきた。肌ざわりが良さそう、と選んだ柔らかな生地だったが、使い始めるとヨレやすくて今ひとつ具合が良くなかったのだ。これはガーゼ生地だ！藍色に点々と大小の水玉模様。子供が付けたら意外と可愛いかも。そして私は掘り出し物とも言えるそのガーゼのハギレで子供サイズのマスクを次々に量産した。ゴム紐は後日立ち寄ったホームセンターで、Tシャツの生地を紐状にしたものが「マスクゴムの代用品」として売られていたのでそれで間に合わせることができた。１０枚の子供用のガーゼマスクを、新学期が始まる前に私はいとこの子供へ届けることができた。新学期は結局始まらなかったのだが。

その後両親の分の大人サイズのマスクを作り終えると、ガーゼの生地はなくなってしまった。そこへ母から電話があり、マスクがなくて困っている老人会のお友達にあげたいからたくさん作ってほしい、と。お友達に何でも配りたがるのは母の昔からの癖で、それなりに時間と手間を費やして私が作ったマスクたちが、まるでお菓子みたいに集会所でばら撒かれている場面が容易に想像できる。

「そうは言ってもガーゼがもうないのよ」

「あらそう。使ってないガーゼのハンカチなら幾つかあるけど、それじゃだめ？」

＊

外出の際に顔を上げてよく見ると、人々が付けているマスクが個性豊かな彩りを帯びていることに気づく。ハンカチを折り畳んで輪ゴムを付けただけの簡易的なもの（これはSNSやニュース番組でも紹介されていた）、やけに大きいサイズの迷彩柄、素敵なレースがあしらわれた手の込んだデザインのもの……。みんなそれぞれに工夫して何とかやっているのだ。お店でマスクは買えないのだから。生地の素材もこの際ガーゼにこだわることもないのだ。固定観念からちょっと外れて、使えそうなハギレを何でもマスクに変えてしまえばいい。そう考えると、みるみる希望が湧いてくる。多分その時の私の表情は、カーテンで服を縫うことを思いついた瞬間のジュリー・アンドリュースそのものだったことだろう。

それからというもの、何かに取り憑かれたように私は時間の許す限りミシンに没頭した。没頭している間はお腹も減らない。母がガーゼの代わりにならないかとどこかから調達してきた晒し布と手持ちのハギレを組み合わせて、とにかくガンガン縫っていく。そのうち使えそうなハギレが底を突いてきた。ああそれなら着なくなったブラウスを切ろう。Tシャツにだって鋏を入れよう。ミシンとこんなにも相性が良い私はさしずめミシン・マシーンだ。

＊

２０２０年４月末日現在。今度は市場からミシン糸が消えつつあるという情報に私は愕然とする。信じたくはない。夢を終わらせないでほしい。

散歩

新井蜜

最近は行くところがないので専ら近所を散歩して過ごしています。散歩の途中で飲食店に入るのは我慢してベンチでおにぎりを食べたりしています。散歩をしているとよくマスクをしたご夫婦と思われる人たちに出会います。挨拶すると「行くところがないので歩いています」など同じようなことを言われます。

我が家は奈良と京都の境にある平城山丘陵の一部を開発して住宅地にした平城相楽ニュータウンにあります。この平城山丘陵にはむかし平城京を作ったときに使われた瓦を焼いた窯跡が何ヶ所か残されています。最近、音如ヶ谷瓦窯跡、歌姫西瓦窯跡、押熊瓦窯跡、中山瓦窯跡を見て来ました。いずれも丘陵の斜面を利用して瓦を焼く窯を作ったようです。興味深く見て来ましたが、一般的には余り知られているわけでは無さそうです。まだ見ていない別のところにもあるようなので見に行こうと思っています。

先日は神功皇后陵のある丘を越えて西大寺まで歩きました。休みながらですが片道五十分くらいの道のりです。狭い道で車もときどき通るので気をつけなければなりません。神功皇后陵の東側には溜池が三つあって鴨が泳いでいたり青鷺が獲物を狙っていたりします。大きな鯉が泳いでいるのも見えます。先日は倒れた木の上で亀が何匹も日向ぼっこをしていました。

西大寺の東に平城宮跡があります。平城宮跡は以前はほとんど何もない広い野原のようなところで、東には春日山、西には生駒山が見え、広々としていていいなあと思っていたのですが、最近、昔の建物をいくつか復元して建てています。広々とした良さがなくなってしまうようで残念です。その平城宮跡の北の方に天皇陵や古墳がいくつかあります。その辺りも散歩エリアに加えようと思っています。

私の家から南に歩くと奈良ですが、北側は京都府です。京都府側にもよく散歩に行きます。平城山丘陵の北側斜面を下って行くと京都盆地の南端になり木津川やその支流の山田川が流れています。平城山丘陵に作られた平城相楽ニュータウンは四十年ほど前から開発が進められたようですが、ニュータウンというくらいですからそこに立っている家々は今風の規格的な家で宅地もほぼ似たような面積のところが多いようです。それに比べて京都盆地側に下りたところにある集落には以前から立っていた家々が多くあり、日本家屋というのでしょうか、門を構えて塀で囲まれた大きな家が沢山あります。黒い瓦屋根に板壁の母屋や白壁の土蔵、広い庭などが見られます。このような家のある集落は山や丘のふもとに多くあり、集落を外れると農地が広がっています。この以前からある集落とニュータウンとの境に、場所によっては、林や竹藪のある斜面があります。とても面白いのはこの林や竹藪の中の坂道を通り過ぎると短時間のうちに新旧の世界を移動できタイムスリップしたような感覚を味わうことができることです。

私はこのような以前からの集落のある所を散歩するのが好きでよく出かけます。なぜ好きかと言えば、たぶん私の生まれ故郷を思い出すからだと思います。生まれ故郷の集落も里山と平野の境にあり、その集落の家々の建物や庭の佇まいが京都盆地南端の集落に似ています。私の生家の隣りの農家には蔵とは別に天屋(あまや)と呼ばれる倉庫兼作業所がありました。農機具などを保管したり、様々な農作物の加工などに使われていました。私が子どもの頃の近所の農家では、自家消費の味噌や醤油のほかに自家消費のお茶も栽培加工していました。そのような自家製造の作業を脇で見るのが好きで、作業をしているそばにしゃがんでじっと見ていました。作業を見ることそのものが好きだったのですが、余禄的な楽しみもありました。作業の休憩時間におやつとして出される薩摩芋や小芋などの蒸したものを子ども達にも分けてくれたのです。とても美味しかった。醤油や味噌を作る時には庭に臨時のかまどを作り大きな鍋で大豆を茹でていましたが、茹で上がった大豆を器に入れてもらって食べたこともあります。

散歩のことを書いているうちに故郷の思い出話になってしまいました。散歩の楽しみは歩くことそのものでもありますが、この文章と同じように、散歩の途中で目にするものから過去の思い出など様々なことが取り留めもなく頭に浮かんでくるのも楽しいものです。色々考えながら歩くわけですが、何らかの結論に向かうような思考ではなく、多くのことが支離滅裂に浮かんでは消えてゆくのです。そのような多くの思考の切れ端のようなものの中から時たま一つの短歌のもとになるようなものが残ることがあるのも面白いことです。

新しい国

土井礼一郎

外を歩くときはいつも虫を探している。東京でさえ、虫はあらゆる場所にいる。地面や生け垣、ガードレール、空中にもいる。

ふだん虫が出てくる短歌ばかり詠んでいるので、知り合いの歌人たちからは虫が好きだと思われている。わたしの歌を読んだか、ツイッターを見たらしい人が、虫が好きなのですか、と初対面なのに聞いてくれることがある。「もちろん」。わたしは答える。

「ごきぶりって平気ですか」

と、次にそんなことを問われたことが何度かある。あるいは、もっと直截的に、

「ごきぶりも好きなんですか」

という場合もある。

「うん」と返事をするのだけれど、ごきぶりが平気というのはごきぶりも殺せるのか、という意味だと、次の瞬間に気づいて後悔する。「好き」というのが、ごきぶりの場合はどうやら「殺す」という意味になるらしいのである。

「殺しません。捕まえて外に逃がすか、見なかったことにします」

相手はあからさまにがっかりした顔をする。

わたしはごきぶりは「平気」だが、殺すことはできない。ごきぶりと友達になれと言われればなる

が、殺せと言われても殺さない。虫に注意しながら歩くというのは、虫を見るのが好きだからというよりも、虫を踏みつけてしまうのを恐れているからだ。歩道の上を這うミミズやテントウムシやカメムシなんかを見つけるたび、だれかに見られていないのを確認しながらそっと捕まえて安全な場所まで移動させてやる。そんなことをしながら、自分がはたして虫好きなのかどうか、本当のところがよく分からなくなってくる。

春から初夏にかけて外を歩くたびに虫の量が増え、また種類も多彩になる、わたしにとっては一年のうちでもっとも愉しい時季でもある。また会うことができた、と思う。小さなごま粒のような命の種がゆっくりと震えはじめ、日を追うごとに大胆に動くようになる。色や光や音や空気のゆらぎ。感覚のための穴のようなものが人体にあるのだとすれば、虫たちの手でその穴が少しずつ拡げられてゆくのを感じる。この季節をとおりすぎて七月や八月になると、世界はもっと生命で満たされて、窒息しそうにさえ感じるのだ。

生き物の量が多いというのは、それだけ奪われるべき命の量が多いということでもある。特に虫の場合、寿命が一年未満というものが大半だから、どうしても虫にとっての生と死は直結しているように感じてしまう。生と死が表裏一体とはあたりまえのことのようであるが、人間の場合はそれが分厚い段ボールを何枚も張り合わせたものの表と裏であり、虫のばあいはボンタンアメを包むオブラートのように薄くて透きとおった紙の表と裏だ。生きた虫をみつめるとき、いつもうっすらと、いやかなりはっきりと死が見えている。足もとにはもう蟬の死骸が落ち始めている。

つまるところ、わたしにとって虫は常に、趣味の対象というよりも生とか死とか、命とかしゃらくさい愛情の対象なのだ。失われてはならないはずのものがあまりにも容易に失われ、ろくに顧みられることがないという現実に恐々とする。

未知の感染症がひろがり、緊急事態宣言が発令されているあいだ、毎日朝夕の決まった時間に、近所の市役所分庁舎から放送が流れていた。「イノチを守るためにおうちで過ごしましょう」とか、たしかそんなことを言っていた。都知事や政府の関係者もやたらイノチということばを使いたがった。そういえば、数年前から緊急地震速報や風水害を予告する警報が出された際に、テレビのアナウンサーが「イノチを守るために行動してください」と言うようになった。さまざまな災害や感染症に次々と襲われ続ける時代にあって、命ということばの使われ方は大きく変わったと思う。イノチを守るための人間の「自粛」生活は、しかしごきぶりなど人家にくらす虫たちにとっては甚だ迷惑だったろうとも思う。

自宅にこもることが推奨されたこの春、もうしわけないけれど、生き物のようすを見に何度か散歩に出た。人の往来が減ったせいか、草がみずみずしく生い茂り、ハトやスズメやそのほかの名の分からない鳥たちがゆっくりとくつろぎ——と感じたのは気のせいかもしれないが、例年に比べいたるところに立派な蟻の巣ができていたというのはたしかだと思う。春から初夏にかけては多くの蟻たちにとって結婚飛行——つまり集団見合いの時季でもある。アパートのそばを女王蟻が歩いているのを見つけたのは五月の中旬だった。結婚飛行を終えて、地上に降りたち巣を作る場所を探していたのだろうと思う。独特の存在感があり、蟻の種類はわからなくとも、女王であることだけは直感できる。この一匹から数百や数千という仔が生まれ、土の中に人間のことなんてつゆも知らない者たちの新しい国家が築かれるのだ。

かわうそ日記

川合大祐

4月7日（火）
一句も書かず。

4月8日（水）
きみは馬鹿だなあと言うと笑うけれど、きみは淋しい時も笑うから、二人の日々を言葉にしておこう、それが日記にならなくても、今日はいつまでたっても今日のままだ。

白墨の演奏禁じられ、脳よ

4月11日（土）
夜のスーパーに、バナナが売り切れていて、その代わりに魚が安かったのだが、魚の名前を忘れてしまい、あれは魚だったのか、この世界に魚などあるのかと思って、ノートに「魚魚魚」と書き続けて、きみも夜更かしをしたのだろう？

鮫と薔薇みようつくしい時とピザ

4月15日(水)
喧嘩して、理屈は理屈にすぎないと言う理屈を知る。

論理学フーセンガムを買ったのか

4月17日(金)
「人生やり直し機」があったら格闘家になりたい、でもまた会いたい(誰に?)。

セコンドに亀を飼うものだけ選ぶ

4月23日(木)
架空の子供を考える、「川合昴」と言うのだが、姓名判断サイトでは、凶運も凶運だった。

尼消えて無人の星に哺乳瓶

4月24日(金)
バカボンのパパは四十一歳、とっくに年下の男の子だが、『天才バカボン』で笑ったことが一度もなくて、このまま自分は生涯を終えるのだろうか、「つひにバカボンを笑はざる川柳人ここに眠る」。

バカボンのパパがおまえの塔なのか

4月25日(土)
部屋に青の時代のピカソ(もちろんその複写)がなく、この星にピカソはいなかったことにして、きみの足裏を揉む。

iPhonが青すぎているムーの都市

4月26日(日)
大学が渋谷にあったのだが、「ナンパしている現場」というものを初めて見て、ああ、地球ってきちんとここにあるんだと思ったのは、遠い遠い昔だ、安室よりアムロ・レイのほうが最近元気。

ビー玉が一人一個の渋谷駅

4月29日(水)
父に腋毛がなかった、今はどうか知らない。

父と子と子が石綿にくるまれて

4月30日（木）
人生で三回船に乗ったことがあるのは、多いか少ないか考えて、多い方ではないかと思ったが、もしかして二回だったかもしれず、途端に自信を失う。

船が出た蟻塚の蟻すべて消え

5月2日（土）
社史編纂室に回されて、一生を終えたかったが、人生はたぶん半分以上終わってしまったので、悔いは売るほどあるけれど、後悔はしていない、と言える人になりたい。

エスパーが社史を編纂しない初夏

5月3日（日）
きみは部屋に入り込んで来て、眠ってしまい、その間にきみに関する川柳を十四句書いたら、目覚めて、きみの句を知らないまま自分の部屋に帰っていって、人生にはいろいろあるよ、きっと。

妻の目の前でキャラメル切り三つ

5月4日（月）
紫蘇とパセリとバジルをきみが撒いてから、時間が時間としてあるようで、それは錯覚なのだろうけれど、ここにあるものはここからなくなるもので、ここにないものはいつかここにやって来るものなのだろう、と忘れてもいいように書いておく。

市史つづくコント作家の庭いじり

5月7日（木）
長いことゲームをしていない。

ぷよぷよに突き立てている免許証

5月8日（金）
ぱじょまがれがすふべったので襞ぽこんろうし、結局きみに何をしたかったのだろう。

河馬を吹く超現実をおそれるな

5月9日（土）
無人の公園に行って、ブランコを揺すると、きみは高く高く行ってしまって、そして戻ってくる、そのくり返しを、いつの間にか来ていた親子連れが見ていた、「ボン・ヂーア」。

世界なりサンダーバード糸切れて

5月10日（日）
部屋まで、きらきらとした球が浮かんできて、続きを待ったけれど、一階の女の子はもう飽きてしまったようだ、一個きりの宇宙。

現実の三階までのしゃぼん玉

5月12日（火）
怒りゆえだろう八個のロッテ買う
「怒ってるの？」と訊くときは大抵きみも怒っている、「笑ってるの？」と訊かれたので、どう反応していいかわからない、フットボールだ、ルールを知らなくて。

キーパーだけである

5月13日(水)
しりとりでないかのように神と言う
「いし」「詩歌」「かし」「神」「え？　かみ？」「し、しん！」(勝ったのかな)

5月15日(金)
喧嘩する。

正常なうどんに満ちる科学館

5月17日(日)
喧嘩して、仲直りする。

関脇のタイムトンネル掘るちから

5月19日(火)

どうしても言わなきゃいけないことは、もう残っていないか、はじめからあんまりないかどちらかで、だけどこうやって日記を読み返すと、心が潰れそうになるけれど、それでも言わなきゃいけないことはあるはずで、その言葉を探し続けて、それが生きてゆくことなんだろうと思う、そのことはどうしても言わなきゃいけないことじゃないんだけど、僕は。

昆布手に歴史改変物を書く

5月23日(土)

僕は、きみと

。とは別に群像劇をはじめます。

金魚と散歩

東　直子

二〇二〇年、オリンピックイヤーの穏やかな始まりを感じたのもつかの間、新型コロナウイルスの感染拡大によって世界中が大混乱に陥ってしまった。国交が断たれ、様々な都市が封鎖されていった。SFの世界に迷いこんだのかと思ってしまうほど、信じられないようなことが次々に起こった。目に見えないウイルスのために、それぞれの国や居住地域の政策に、各々従わざるを得なくなった。個人の自由が奪われていく中で、一体何がもっとも大事なのか、一人一人につきつけられたような気がする。

まだ日本が通常の生活を続けていた頃、都市封鎖という非日常生活はさぞやたいへんなことだろうと、ネットを通じて入ってくる情報を見ていたのだが、一番笑ったのが、「ペット散歩」の件である。厳しい外出禁止令出されていたスペインでは、例外的にペットとの散歩は認められていた。そこで、小さな金魚鉢とともに「ペット散歩」に出かけた男がいた。しかし警察の尋問を受け、ペットとは認められず、罰金を取られたのである。

鶏に首輪をつけて散歩させた人もアウト。おもちゃの犬のぬいぐるみでカモフラージュしていた人もアウト。さらには、ティラノサウルスの着ぐるみを着て散歩していた人も尋問を受けた。人けのない道を鶏に引かれていく人や、ティラノサウルス姿で何やら訴えかけている様子など、なかなかにシュールな動画が残っているのだが、それらの画像や動画をUPしたのは、警察の公式サイトである。

「みんな、これは違反だからね」と警告しているのだろうが、どちらかというとネタを提供して楽しんでいるように見える。警告というより、新たな抜け道を考えるためのきっかけを与えてしまったのではは、と思ってしまう。

日本では、罰金などの法的措置は取らずに「緊急事態宣言」の下での「自粛」という形で、子供から大人までが家に留まることを求められた。家の中で楽しめることをいろんな人が呼びかけあう啓蒙から始まり、おすすめの本や映画の紹介、家の中にいる時間をたっぷり使った手作業の披露など、主にSNS上でそれぞれの工夫が繰り広げられていて、それを眺めるのは、楽しかった。

寄り集まって行っていた歌会なども中止になったので、LINEやZoomを使ったオンライン歌会を行った。もともと一人で書き物をしている仕事が中心なので、私自身の変化はささやかだが、急にオンラインの技術を求められて戸惑ってもいる。

又、どこかに出かけて人と会う用事はすっかりなくなってしまったので、ときどきただあてもなく長い散歩をした。

さて、締め切りも近づいてきて、このエッセイを仕上げようと思っていたところ、パソコンのキーボードにお茶をこぼしてしまった。とても慌てた。こんなときの対処法は、とそのパソコンで調べたところ、一秒でも早く電源を切るように書いてあった。パソコン内部に入りこんだ水分は、通電状態で稼働することによってショートしたりなど、不具合につながるらしい。すぐに電源を切り、タオルで水分を取り、ドライヤーで冷風を送り、乾くのを待った。二十四時間は待って電源を入れた方がいいとのこと。ということで、ただ今それを待っているところ。

トラックパットが摩耗して長く眠らせていた別のノートパソコンを立ち上げ、有線のマウスをつなげてこの文章を仕上げている。緊急事態宣言が全国的に解かれたばかりの今、パソコン使用を自粛するという極個人的な緊急事態の途上にいるのである。

今眠らせて乾かしているパソコン、無事に起き上がって、データも壊れていませんように、と切に祈る。

しかし、私のパソコンのデータ、私以外にとっては、ほとんどどうでもいいものである。焦っている自分も、一体なにがそんなに大事なのか、冷静に考えれば、わからなくなる。

私がこの世から消えてしまえば、必要となくなるものも、ずいぶんあるなあとしみじみと部屋を眺めた。今は世の中コロナのことばかりが話題に上っているが、人が死ぬ原因はコロナばかりではない。「うさぎは淋しすぎると死ぬ」という説があるが、淋しくて死ぬ人間もいることだろう。たった一人でずっといると、心の中で自分で自分にダメ出しをし続けるという現象が続いて、ぐったりしてきたことは事実である。一歩も家から出るな、ということになったら、たいへん辛い。金魚鉢の金魚を連れてでも散歩に行きたいと思うだろう。

そういえば、室生犀星の『蜜のあわれ』は、人間と金魚の恋の物語である。与謝野晶子の『金魚のおつかい』は、タイトル通り金魚が町におつかいに出かける話だった。二人ともスペイン風邪を生き延びて、多数の詩歌や物語を残した。彼らが最も大事に思っていたものは、何だろう。

ひかりのわたし

ミカヅキカゲリ

わたしはふだん、北九州市でひとり暮らしをしている。四肢麻痺で車椅子なので、介助者の介助を受けている。この3月くらいから、自粛を求められていて、バスに乗ることもなくなった。赤い電動車椅子でどんどん街に繰り出していたわたしの暮らしは、一変。

一時期は、まわりの行き過ぎた心配から、スーパーに行くことすら禁止されていて、まさに軟禁状態。ストレスフルな日々のなかで、もの書きとしてはやはり文章を書くべきだろうと思った。そんなわけで作品集を企画し、わたしは#stayhome カゲリがはじめた。

いっぽう、ステイホームできないのが、わたしのまわりだと、介助者たちだ。「介助者ってテレワークできないね」と云うと、みな、口では冗談を云う。

「やっても善いんですよ？　電話してあげますよ、『ミカヅキさん元気ですか？　トイレに行きたい？　そぉう！』って」

そう云いながらも、みな、いつも通ってきてくれ、おかげでわたしは暮らせている。

ところでちいさな頃、わたしは自分を王女さまだと思っていた。雲のうえにある魔法の王国トゥルプティーのさみしい王女さま。それはおそらく、自分が感じてしまうひとや世界との〈隔たり〉をわたしなりに正当化するためのひとりきりの〈儀式〉のようなものだった。思いつめやすい性質《たち》だったのだ。それで、物語などのフィクションに縋ることが多かった。

長じても、うまく世界に適応できなかったわたしは自殺未遂を図って四肢麻痺になり、車椅子になった。

だけど近頃では、詩などの文筆活動も装丁家としての活動も軌道に乗ってきたこともあり、すこしだけ現実にとどまることが可能になってきた。それはもうひとつには、^マインドフルネス^と云う方法論に出逢ったから。

^マインドフルネス^とはもともと仏教の瞑想を起源に持つアメリカで発展した精神の訓練法だ。ここ十年くらいでとても一般的になった。一時期、精神科などでは、猫も杓子も^マインドフルネス^を信奉していたほどである。^マインドフルネス^は、ひと言で云うと、『いま・ここ』に意識を向ける」こと。

ステイホームが叫ばれるいま、^マインドフルネス^はなんの道具もつかわずに家でひとりきりでできるため、相応しい気がする。かんたんにはじめるには、楽な姿勢になり、ゆったりとした呼吸を心がける。そのときのポイントは、考えを『いま・ここ』に集中させること。けっして評価はしない。どんな考えが起こってこようと評価はせず、それをそのまま他所においておく。そうしてもう一度、『いま・ここ』に立ち戻る。それを3から5分間。終わった頃にはふしぎと気分が楽になっていると云う代物。とは云え、はじめのうちはなかなか難しい。すぐに思考がスリップしてゆくのが判るだろう。わたしもそうだった。しかしつづけてゆくうち、『いま・ここ』にとどまることができるようになってくる。日常のちょっとした隙間時間はもとより、自分が精神的に動揺しているようなとき、〈マインドフルネス〉を行うと、たいへん効果的である。

『いま・ここ』に集中すると、ふしぎと呼吸が楽になることをわたしは、〈マインドフルネス〉だけでなく、大好きなブロードウェイミュージカル『RENT』からも学んだ。NYの九〇年代の若いアーティストたちを描いたこの作品内ではエイズが蔓延し、貧困、ドラッグ、同性愛などが織り込まれるなか、「NO DAY, BUT TODAY」が叫ばれる。

パンデミックのいまともリンクするため、この間、何度見返したか知れない。

さて、2020年5月末、全国的には緊急事態宣言も解除されたが、わたしの住む北九州市は第二波のまっただなか。身近な複数のひとのかかわっている場所やわたし自身が受診している大学病院でクラスターが発生。感染の恐怖が身に迫ってきた。はっきり云って、こわい。だから四六時中、〈

マインドフルネス〉を実践していた。

そのなかで気づいたのが、〈ひかりのわたし〉である。『いま・ここ』に集中すると、〈ひかりのわたし〉を感じられる。説明が困難なのだが、よわくゆがんでいたとしても、奥底にはひかりがある。

希望はそとにはなく、うちがわにある。よくイスラム説話で、財宝を世界中探したあげく帰宅した自庭で発見するものがある。旅を経てからでないと、自分の持つ財宝には気づけないと云うのが教え。

傷つき絶望のなかでも、本質的にひとはひかりなのだ。コロナ禍の困難は、それに気づくための旅なのかも知れない。

世界中が見ている

佐相 憲一

新しいウイルスの脅威に人類が右往左往している。それ自体は初めてのことではなく、日本でも結核やコレラなど「かかったらおしまい」だった病を医学の進歩で克服してきた歴史があり、いまでは癌でさえ、早期発見早期治療が可能になっている。だから、今回も人類は根気よくワクチン・免疫・抗体・予防策といった道筋を今後たどるだろう。専門家の分析に耳を傾け、被害者の思いを共有し、社会福祉や生活維持の方途を探るために、巷にはすでに無数の情報が交わされている。

この大きな不安の世の中で、わたしが感動していることがある。それは、新型コロナウイルスというものに対して、約七十七億人の地球人類がほぼ全方位、共通の関心を持ち、あそこの人びとはこういう対策をしている、あちらの国ではこういう補償をしている、どこそこの学者が新しい発見をした、向こうではどういう状況になっている、というふうに、知らず知らずのうちに人種や民族、宗教などを超えた連帯をつくり出していることだ。つい数か月前までは、世界は資本主義の行き詰まりから自国優先、自己責任の新自由主義と排他思想全盛だったではないか。この期に及んでも他国非難に明け暮れる為政者は世界にいるが、人類の圧倒的多数を占める市民層の多くは、そんなことより感染による生命の危険を逃れるために、どこの国の情報でもいいから有益なことをしたいと考え、外国の立派な医者の行動や市民同士の思いやり行動などのニュースに感動したりしている。イタリアのお母さんもベトナムのお母さんも我が子を感染から守ろうという意思は同じだし、障がい者などはいま特にどこの国でもつらい思いをしているから世界情報に敏感だろう。また今回のことをきっかけに世界各国の人びとの暮らし方などにも関心が集まっている。国内でも、東京人を生け贄にしておらが県だけは安全でいようとか考える人はまれで、いまの世の中、親族や友人・知人は日本中あるいは世界中に散らばっているから、誰しも自然と他者の存在に敏感になっているだろう。バスに乗っても電車でも、乗車してきた人は何者か、時に排他的な眼もありながら多くは互いに譲り合って離れて座り、生命の共存をはかろうとしている。自粛と言っても仕事を休んで補償されない人は野垂れ死ぬから必死だが、そういうこともいままではわりと他人に無関心だった向きが知ることになる。インターネットで瞬時に世界中の情報が手に入る現代は、為政者のよからぬ画策などを大きく超えて、国際的な市民連帯なども実現しやすい。

もちろん、バラ色では決してない。相も変わらぬ頑迷も世界を支配しているし、そもそもウイルスの脅威自体の衝撃が大きい。だが、それはそれとして、百年ほど前のスペイン風邪の世界流行が各国の軍事的情報操作で隠匿されたりしたことと比較しても、もう人類は世界の眼を逃れることができなくなっており、多かれ少なかれ、世界で起こることは世界中が見ていると言えるだろう。この中で第三次世界大戦など可能だろうか。この中で東アジアの日本を含めた仮想敵国同士の軍事訓練に税金を使うのは得策だろうか。緊急事態宣言が解除される直前になってようやくポストに届くマスクや、ひとり十万円を一回限り支給して満足顔の政治家はこの金額で自粛生活をずっと送れと言うのだろうか。払っている税金が少しだけ戻ってきただけではないか。そういう怒りなども現在はインターネットでどんどん拡散されていく。一部無責任な言動の弊害はあるが、インターネットで全国がつながり世界中が見ている現在だからこそ、新しい希望も生まれているというのがわたしの実感だ。

そんな中で、文学も揉まれているだろう。特に、繊細な心のかたちや世界の見え方を表現する現代詩は、ウイルス騒動の中で何をとらえるか、言葉の力が期待されるだろう。詩の世界に縁のない方々にお伝えするなら、いまの日本社会で詩は一部のものしかメディアに載せられず、書店の扱いを含めて、偏った見方がされているが、実は公的な詩団体や同人誌、全国詩誌などを通して全国に二千人とも三千人とも言える詩人たちが、この国の娯楽中心の病んだ文化事情にめげずに地道にそれぞれの詩を書き続けているのだ。地下水脈のように流れるそのありようは、この人類史的状況のもとで、人の心に大切で切実なものを響かせるであろう。

思いつくままに述べてきたが、最後に常日頃からわたしが信念にしている詩句をお伝えしよう。

〈地球が詩を書いている〉

だから、絶望するわけにはいかない。

恥ずかしさと情けなさ、そのほか

とみいえひろこ

『コロナに負けるな!!』という文言については私自身は今のところのれません。コロナウイルス自体は悪者というわけではない（何にとって？）という前提を無視したような、勝つか負けるかという状況のつくり方や、状況をつくった上で勝つ側にならなければという煽りにつながりそうなところが気になります。でも、言葉の持つ強さも分かる。そこから始めます。

この原稿を書いているのは五月末。北九州市にコロナウイルスの第二波が来ています。政治的判断で急速に「自粛」のほとぼりが冷め、経済活動が再開し始めている時期でもあります。

これから書く個人的なことについて。これで、ほんとうによかったのかな。そしてこういうことはほんとうによくあることで、これからも似たことが自分の身に起こるんだろうな。そのときに、自分が真実に近い行為を選べるようになっていたい。そんなことを思っています。

自分のおかれた状況を自覚出来てきたあたりから考えようとしてきたことは、出来るかぎり自分が安全に生き延びるにはどうすればいいかということ、自分が何を見てどのように付き合っていけるかということ、そして四月にミカヅキさんから与えられた「希望」というテーマのことでした。この「希望」という言葉と一緒にこの期間を過ごせたことはなんだか不思議なことで、自分にとって幸運なことでした。「希望」という言葉を常に頭のどこかに置きながら、つまり「希望」を自分に課しながら、自分にとってのある一連の出来事を経験をすることができたから。

この個人的な出来事について具体的なことは誰にも伝えることはできません。また、直接私に起こった出来事ではありません。まだ決着はついておらず、新型コロナウイルスは明らかにこの出来事のきっかけでした。これからが自分にとってもっとも気が抜けない時だと思うと同時に、正直なところ気が抜けてしまっています。この出来事を挟んで自分と関係が結ばれている相手の考え方や行動が見えてきた（ような気がする）こと、自分がこの出来事にどう意味を持たせようかという考えがかたまってきたこと、とりあえずの解決に向けた具体的な内容が決まったことなどにより、数日前まで自分が飲み込まれていた緊張感や不安や恐怖が急速にほぐれたのを感じます。そして、方向性が決まったと同時にいきなりこみ上げてきた、自分に対する恥ずかしさと情けなさの感覚にすこし驚いています。この感覚、それからもっと掘っていけば自分のなかに見つけられそうな感覚について、それから、難しいけれど希望のことを書いてみたいと思います。

専門家の意見を聞くことの重要さについては、何度も何度もいろんな場面で実感してきたことでした。時間をかけることができないなかで自分が間違った判断をしがちだということもまた思い知りました。今回新たに思ったことは、自分で出来るかぎり実証を積み上げ、細部についてできるだけ正確に記し、外に出して眺めること、自分の主観と事実を細かく切り分けようとすることを繰り返すことで、見えにくい真実が顔を出すことはあるのかもしれないということでした。「真実が顔を出す」ことを、「どんなところにも希望はにじみ出すもの」と言い換えてもいい気がします。今の私には、真実は希望に思えます。真実の結果が自分にとって不幸で残酷なことだったとしても、真実が相手なら納得がいく。真実はよりどころになるし、未来がある。自分の目でものを見、自分の思い方でものを思い、自分の未来を切り開くための方法が、誰にも等しく与えられる。真実には可能性が常にひらかれている……はず。そこににじみ出てくる可能性を「希望」と理解してもいいように思います。

この出来事に関する私の今後の役割は、自分が事実だと感じることを自分のなかに適切に仕舞い、自分と違う価値観を持つ相手の価値観を守るための「妥協案」を実行すること。この妥協案は真実とは相反するものだと理解しています。自分がこの行為をすることは大きな目で見ると次の誰かの被害を生むことにつながること、この状況を切り抜けるにはもっといろんな方法があることを理解しています。でもいま自分がベストな方法をとって成功するとは思えません。疲れたし、楽で、速い方法として、そして自分に見合った方法として、この方法に納得しました。このことが自分は恥ずかしいし、情けないんだと思います。そして、この恥ずかしさと情けなさを掘っていくと、自分がまったく自分とは違うと思っている相手の価値観に通じるような気がします。

これが駄目ならプランB（というかプランEくらい）に進まなくてはいけません。もうこれ以上方法がなければ楽なのに。でも、必要が出て来たらまた方法を見つけるでしょう。自分が生き延びる可能性を本能的に信じ、縋っているから。コロナ禍のなかの個人的な出来事として、私はこんなことを経験し、こんな自分に出会っています。

トランジション

西崎憲

理容室に行くのが気が重いので髪は格安のカット専門店で切っている。行きつけの店は、新型コロナの流行のせいで営業を自粛していたのだが、先週、ようやく再開し、さっそく髪を切りに行った。

店長の髪は長くなっていたし、それだけでなく髭までたくわえていた。いったいどういう風の吹きまわしだろうと、わたしは内心首を傾げた。そして髪を切ってもらいながらいつものように話をしたが、その日の店長の話は妙に心に残るものだった。

店は結局十日ほど営業を自粛したようで、店長はその期間はとても楽しかったと憑きものでも落ちたような明るい顔でわたしに言った。

店長は年齢は五十歳くらいだったかと思う。身長は平均的だが、体重のほうは平均をやや超過しているかもしれない。独身だ。アメリカで理容師をやっていたことがあり、理容師や美容師向けの英会話の本を書きたいと話してくれたことがある。

店長は自粛の期間、とても楽しかった、人生のことをあらためて考えたし、哲学的なことをたくさん考えた、と髪を切りながら言った。

わたしは不意を打たれた。どこを見ても、誰を見ても、そんなことを言う人はこれまでいなかった。新型コロナでの自粛が楽しいなんてことは。それは新型コロナの流行を肯定するような言葉にも聞こえる。これだけ世界中で人が死んでいるのに不謹慎ではないか、とてつもない発言ではないか。けれど、わたしは Twitter で読んだことを思いだしていた。

在宅勤務が多くなったせいで、家で仕事するのが自分に向いていることがわかった、面倒なことを言って仕事を邪魔する人はいない、セクハラもない、なんて働きやすいのだろう。

それからやはり Twitter で、学校の遠隔授業の話も聞いた。ふだん片隅に押しやられている生徒が遠隔授業で本領を発揮しているという。

おそらく物事というのは一面だけでは捉えられないものなのだろう。そしてその多面性はファーストインパクトから時間が経つにつれ顕著になる。そういうことなのだろう。

そして自分の身を振りかえったとき、わたし自身の自粛期もまた辛さに一面塗りこめられていたわけではないことに気づいた。

わたしもまた自分の生活について考え、自分の仕事について考え、哲学的なことを考えた。そしてこれから何をすべきかを考え、新しいプランをいくつか考えた。そしておそらくいまの時期がスタートだったのだとあとで振りかえる日がくるだろう。

新型コロナに感謝しているわけではない。そのせいで世界のなかの隠された欲望、ことに政治・民族・経済の欲望が露わになって、とてもひどい状況も生まれた。それでも人は無意識のうちに学んでいるのではないだろうか。状況というものがつねに Transition（トランジション「移行」「過渡期」などの意）であることを。

世界が安定していることを人は望む。そして安定していると思いこみたがる。しかし世界はトランジションそのものだ。我々はつねに何かから何かへの変化の途中、どこかからどこかへ行く途中なのではないか。

そして店長が楽しく感じた理由もそのへんにあるのかもしれないと、わたしは青葉の光のなかを歩きながら考えた。店長はいま乗換駅に立っているところなのだ。駅というものは楽しい場所である。さまざまな進路や方向が重なりあうところであり、人が交錯する場所である。駅にいることに楽しさを新鮮さを覚えない者はあまり多くないように思う。すこし雑然とした駅のカフェで時間をつぶすように生を楽しめたらいいのだが。

淡く、青い、点

佐藤弓生

このたびの短歌七首は、「問いと、答え」というテーマで二〇二〇年二～三月に詠んだものです（『短歌研究』同年五月号掲載）。

当時といえば、クルーズ船ダイヤモンド・プリンセス号における新型コロナウイルス感染症の集団発生はすでに報道されていましたが、個々人はまだふつうに外出しており、ただ、マスクや消毒用アルコールなどが手に入りにくくなってきたころでした。

私も平日はほぼ毎日、出版社におもむいて校閲の仕事をしていました。そのころ、たまたま回ってきた宇宙科学書のゲラ（校正刷り）に記された「ペイル・ブルー・ドット」という語に、意識を吸い寄せられました。

これは一九九〇年のバレンタインデーに、ＮＡＳＡの宇宙探査機ボイジャー1号が撮影した地球の写真のことです。一九七七年に打ち上げられたボイジャー1号は、木星と土星の近くを通過したのち太陽系の外へ向かっていました。惑星撮影ミッション終了のためカメラをシャットダウンする直前に、六十億キロメートルの彼方から「Family Portrait of the Solar System（太陽系の家族写真）が撮影されました。そのなかで地球は白っぽい、見えるか見えないかほどの、薄暗く小さな点でした。

二〇二〇年二月、この写真は三十年ぶりに最新技術により再処理され、地球は淡く青い点として、儚い、美しい姿に変わりました。

最後の撮影を提案し、Pale Blue Dot と名つけたのは天文学者のカール・セーガンだそうです。セーガン氏監修のテレビドキュメンタリーシリーズ「COSMOS」が日本で放映されたのは一九八〇年で、その、寂しげだけれど神秘的なテーマ曲をいまでも覚えています。同名書『COSMOS』はベストセラーとなり、高校生だった私も、宇宙と地球の来歴に目まいをおぼえるように読んだものです。

現在、感染症の不安と慣れない生活のなか、誰もが手のとどく範囲のことで精いっぱいです。手のとどかない時間や空間を想うことは、けっして不幸ではないと、いまにして感じます。宇宙が私たちになにか問うことはありません。問いのない答えを日々、小出しにしてゆくばかりの私たちの暮らしにおいて、それは大きな慰めです。

世界のおわりとトワイライト・ワンダーランド

塩谷風月

無症状の人は病院に行かない。発症して初めて病院にかかり、検査して治療してもらう。無症状の人は自分でわからないまま、学校や職場に行く。そこで感染を広げてしまう。それに対して我々に出来ることは、こまめな手洗いとうがい、マスクの着用。それでも日本国内の年間感染者数は、推定約一千万人。年間死亡者数は間接的なものを含めて推計約一万人にもなる。

これは、今回の騒動ではない。季節性インフルエンザのことだ。数字は厚生労働省のサイトのQ&Aのページから引いた。ワクチンや特効薬が既にある季節性インフルエンザでさえ、この数字。しかし、今回の騒動を遥かに上回る、これほどの大惨事を僕らは毎年、ああインフルエンザかと、まるで風物詩のようにやり過ごしてきた。マスコミも大きくは取り上げない。

おそらくは今回の騒動も、やがてこういう扱いになるのだろう。最近言われはじめた「共生」とは、つまりそういうことだ。もし撲滅や封じ込めを「勝つ」と表現するのであれば、我々は普段のインフルエンザにさえ、一度も勝てたことが無い。インフルエンザの例を見れば、ワクチンや特効薬が出来たところで今回も勝てはしないだろう。

「新しい生活様式」という気持ちの悪い言葉が出来たが、今回の騒動でひとつ良いことがあるとすれば、これでインフルエンザの被害者も、かなり少なくなるだろうということ。

あらかじめ言うが、ここから先は、僕のネガティブな妄想になる。苦笑して読み流してもらえれば良い。

それにしても、今の世界は下手なSF映画より非現実的だ。まるでダークファンタジーか近未来SF映画の中にいて、僕らは名も無いエキストラに思えてくる。主人公はどこにいるのだろう。どこにカメラがあるのだろう。あれだけ世界を牛耳ってきた先進国の首脳、政府がヒステリックにパニックになる。いい演技だ。日本の首相や政府の無能さも、きっと演技なのだろう。シン・ゴジラの時より迫真的だ。

世界のこの有様への、強烈な違和感。何を見ても現実感が無い。映画というより漫画に近い。まるで平べったい二次元の世界に見える。何かがおかしい、と感じてしまう。そう。善意さえも。

医療関係者への感謝、応援。それ自体はもちろん悪いことではない。実際、彼らは見知らぬ他人のために最前線に立っている。けれど、海外や日本で、皆が感謝と応援の拍手をする映像を見て、僕は少し気持ち悪かった。善意とは、こんな同調圧力の匂いのするものだったのか?と。喫茶店のテレビでこの様子が流れていたとき、見知らぬ男がスポーツ新聞から顔をあげて言った。最前線?あいつらだけでなく、みんなが最前線だろう。俺も最前線だぜ、と。

今回の騒動で、破壊されたもっとも深刻なもの、それは「人の心」ではないか。今まで平穏に暮らす土台にあったお互いの信頼感と愛情。家族の、夫婦の、恋人の、友人の、この騒動が無ければ死ぬまで続いたかも知れない心の絆、安心感。それが大きく崩れた。互いにほど良い距離感を持って生活が成り立っていたのが、狭い家に押し込められて、距離感が破壊された。息苦しい邪魔な存在。それまでならしなくて良かった喧嘩、争い。見知らぬ他人の命が掛かっているのだからと厳格に自粛を守ろうとする人。そこまでやらなくてもいいじゃないかと言う人。その違いが「こんな人とは思わなかった」から「この人の醜い本性を見た」という嫌悪感にまで発展する。

騒動が収まって、表面上「元」に戻ったことになっても、社会も政治も根幹部分から変質しているだろうし、その変質した世界で生きる我々自身も変質する。この人の本性はこうだったんだ、というお互いの疑心暗鬼、嫌悪感。それは無意識の底に潜んで、我々の魂に浅い傷となって永遠に残り、これからは常にそれに支配される。信頼や愛の危うさに、我々は気づいてしまった。すぐ近くに寄り添っていたと思っていた人が、実は見知らぬ他人だったと我に返った。その中で生き抜くために、現実と演技を逆転させ、人はこれから「変わらない自分」を演じて生きていくのだろう。

しかし、だ。非常時は人の本性が剥き出しになる、という言葉は、違うと思う。平穏なときに見えていたものも、今回の騒動で新たに見えたものも、どちらも人の本性なのだ。この騒動さえ無ければ、みんな死ぬまで良い人であり続けたかも知れない。そんな人の一生が、嘘であるわけがない。

我々は騒動前の自分には戻れない。魂に暗い陰を抱いた孤独な新しい人間として、僕らは生きる。けれど、今までだって、僕らは少しずつ変質してきた。明治維新、戦前戦中戦後、大震災、原発事故。価値観が瓦解する度に。

だから僕らは、今回の騒動の後も、変質を受け入れて、その世界なりの、その自分なりの、新しい幸せを見つければ良いのだと思う。今までも知らぬうちに、そうしてきたように。おそらくは、それをひかりと呼ぶのだろう。

プロフィール編。

新井蜜（あらいみつ）

枡野浩一著『かんたん短歌の作り方』を読んで短歌をやってみる気になった。枡野さんのブログや笹公人さんのブログへの投稿、新聞・雑誌への投稿をしつつ一時期「かばん」の会員であった。現在は塔短歌会の会員。

川合大祐（かわいだいすけ）

一九七四年長野県生まれ。川柳書き。『川柳句集　スロー・リバー』（あざみエージェント）。Twitter に生息。「交差点ジャンボ鶴田に成れぬまま」。

佐相憲一（さそうけんいち）

詩人・ライター・編集者。一九六八年横浜生まれ。京都、大阪などを経て東京在住。詩集『愛、ゴマフアザラ詩』で小熊秀雄賞。著書は『もり』『佐相憲一詩集 1983～2018』など詩集10冊。エッセイ評論集2冊、小説文庫1冊。現在、文化企画アオサギ代表、一般社団法人日本詩人クラブ理事長、など。

佐藤弓生（さとうゆみお）

歌人。歌誌「かばん」会員。著書に歌集『モーヴ色のあめふる』、共編著『短歌タイムカプセル』（ともに書肆侃侃房）など。月刊『短歌研究』にて歌人の千葉聡さんと「人生処方歌集」連載中。

沢茱萸（さわぐみ）

二〇一五年より作歌を始める。二〇一六年「かばん」入会。二〇一八年度短歌誌『かばん』編集人を務める。

塩谷風月（しおたにふうげつ）

一九六二年生まれ。大阪。二〇〇〇年から短歌を始める。元「歌人集団かばん」会員。現在は「未来短歌会」のニューアトランティス欄および「レ・パピエ・シアンⅡ」に所属。

今年一月、歌集『月は見ている』を上梓。

土井礼一郎（どいれいいちろう）

一九八七年茨城県生まれ。二〇一九年「なぜイオンモールを詠むのか」で第三七回現代短歌評論賞を受賞。東京新聞・中日新聞でコラム「土井礼一郎の短歌の小窓」を連載中。「かばん」会員。

とみいえひろこ

大阪在住。さいきんは、冷やし中華ばかり食べています。
note「パンデミックとわたしと」(https://note.com/pandemic_to) を運営しています。

西崎憲（にしざきけん）／フラワーしげる（ふらわーしげる）

歌集に『ビットとデシベル』。別名義で翻訳や小説、音楽など。

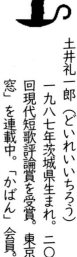

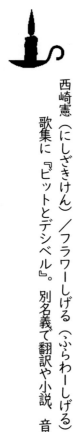

東直子（ひがしなおこ）

歌人、作家。一九九六年第七回歌壇賞、二〇一六年『いとの森の家』で第三一回坪田譲治文学賞受賞。歌集に『青卵』、小説に『とりつくしま』、エッセイ集に『愛のうた』など。最新刊は絵本『キャベツちゃんのワンピース』。

ミカヅキカゲリ（みかづきかげり）

赤い電動車椅子と長い黒髪がトレードマークの詩人。ひとりきりでちいさな出版社＊†　三日月少女革命　†を運営する傍ら、本の表紙デザインなど装丁家としても活動。詩集に『水鏡』『立脚点』など。ほか著書多数。

若草のみち（わかくさのみち）

第六十回角川短歌賞次席
第四回角川全国短歌大賞　大賞
第四十一回全国短歌大会　尾崎まゆみ選者賞・大松達知選者賞
第四回中城ふみ子賞次席

第十一回原阿佐緒賞優秀賞
電子書籍『ヒドゥン・オーサーズ』短歌で参加

あとがき

作品集コロナに負けるな!! 『ひかりのほうへ』をお届けしました。

企画者のわたしは先に参加者の原稿を読めて、役得でした♪ 企画と編集のわたしから指定させていただいたテーマは『希望』のみ。

しかし、集まった作品群のバラエティの豊かさたるや、目を瞠るものがありました。ちからづよく勇気を与えてくれるもの、せつなく胸を締めつけるもの、クスッと笑いを誘うユーモラスなもの、などなど。原稿をいただいた段階で、この作品集はすばらしいものになると云う予感がしました。そして編集をすすめてゆくなかで、予感はたしかな手応えへと変わってゆきました。

この本の企画のきっかけは、もちろんコロナ禍です。ですが、わたしはいま、コロナに負けるな!! と云うサブタイトルをすこし悔いています。実は、わたしの身近なひとが世帯主ではないために、補助金の対象から外れると聞き、わたしは（ふだんに似ず）怒りを覚えたのでした。その前からの自粛生活もあり、とげとげしいきもちでいっぱいになってしまい、わたしは文章に縋ったのでした。そんな流れで、「負けるな」のフレーズはうまれた